Fiestas

Día del Presidente

por Erika S. Manley

Bullfrog Books

Ideas para padres y maestros

Bullfrog Books permite a los niños practicar la lectura de texto informacional desde el nivel principiante. Repeticiones, palabras conocidas y descripciones en las imágenes ayudan a los lectores principiantes.

Antes de leer

- Hablen acerca de las fotografías. ¿Qué representan para ellos?

- Consulten juntos el glosario de fotografías. Lean las palabras y hablen de ellas.

Durante la lectura

- Hojeen el libro y observen las fotografías. Deje que el niño haga preguntas. Muestre las descripciones en las imágenes.

- Lea el libro al niño, o deje que él o ella lo lea independientemente.

Después de leer

- Anime a que el niño piense más. Pregúntele: ¿Celebras el Día del Presidente? ¿Cómo lo celebras?

Bullfrog Books are published by Jump!
5357 Penn Avenue South
Minneapolis, MN 55419
www.jumplibrary.com

Library of Congress Cataloging-in-Publication Data

Names: Manley, Erika S., author.
Title: Dâia del Presidente / por Erika S. Manley.
Other titles: Presidents' Day. Spanish
Description: Bullfrog Books edition.
Minneapolis, MN : Jump!, Inc., 2018.
Series: Fiestas | Includes index.
Audience: Age 5–8. | Audience: K to Grade 3.
Identifiers: LCCN 2017038354 (print)
LCCN 2017038691 (ebook)
ISBN 9781624967405 (ebook)
ISBN 9781620319932 (hardcover : alk. paper)
ISBN 9781620319949 (pbk.)
Subjects: LCSH: Presidents' Day—Juvenile literature.
Classification: LCC E176.8 (ebook)
LCC E176.8 .M1618 2018 (print) | DDC 394.261—dc23
LC record available at https://lccn.loc.gov/2017038354

Editors: Jenna Trnka & Jenny Fretland VanVoorst
Book Designer: Leah Sanders
Photo Researcher: Leah Sanders

Photo Credits: dbimages/Alamy, cover (left); Elnur/Shutterstock, cover (right); S.Borisov/Shutterstock, 1; Arvind Balaraman/Shutterstock, 3; Paul B. Moore/Shutterstock, 4; nito/Shutterstock, 5; Marcio Jose Bastos Silva/Shutterstock, 6–7, 23bl; Jose Luis Pelaez Inc/Getty, 8–9 (foreground); Pammy Studio/Shutterstock, 8–9 (background); Wavebreakmedia/iStock, 10–11 (background); Volina/Shutterstock, 10–11 (foreground); NurPhoto/Getty, 12–13; Everett Collection Historical/Alamy, 14, 23tr; Nicole S Glass/Shutterstock, 15; LWA/Dann Tardif/Getty, 16–17; Dann Tardif/Getty, 18; Ryan McVay/iStock, 19, 23br; Sergey Novikov/Shutterstock, 20–21; GraphicaArtis/Getty, 22l; Everett - Art/Shutterstock, 22m, 23mr; ClassicStock/Alamy, 22r; CatLane/iStock, 24.

Printed in the United States of America at Corporate Graphics in North Mankato, Minnesota.

Tabla de contenido

¿Qué es el Día del Presidente?

El Día del Presidente es un día festivo en los E.U.

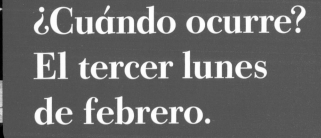
¿Cuándo ocurre?
El tercer lunes
de febrero.

¡FELIZ DÍA DEL PRESIDENTE!

5

George
Washington

Empezó en 1885.

Honra a George Washington.

¿Quién era él?

Fue nuestro primer presidente.

7

¡Mira!

Su rostro está
en el dólar.

Washington

10

Nombraron a
un estado por él.

También a
muchas ciudades.

Le llamamos
el padre de
nuestro país.

Hoy honramos
a todos los
presidentes.

¿Por qué?

Tienen un
trabajo muy
importante.

Son los líderes
del país.

Barack
Obama

13

Ellos firman leyes.

Dwight D. Eisenhower

Donald Trump

Tienen reuniones con otros líderes.

¿Cómo lo celebramos?

En la clase de
María dibujan.

Ben actúa
en una obra.

Ana lee un discurso.

¡Es un día especial!

Nuestros presidentes

Los tres presidentes que más se asocian con el Día del Presidente son George Washington, Thomas Jefferson y Abraham Lincoln.

Thomas Jefferson fue presidente de 1801 a 1809. Él escribió la Declaración de la Independencia en donde dice que los Estados Unidos era libre de Gran Bretaña.

Abraham Lincoln fue presidente de 1861 a 1865. Él firmó la Proclamación de Emancipación. Liberó a los esclavos de los Estados Unidos.

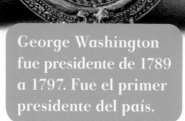

George Washington fue presidente de 1789 a 1797. Fue el primer presidente del país.

Glosario con fotografías

discurso
Una charla
pública.

leyes
Reglas que el
gobierno hace
para que las
comunidades
las sigan.

honrar
Se trata con
respeto.

presidente
La cabeza
del estado
de un país.

Índice

Para aprender más

Aprender más es tan fácil como 1, 2, 3.

1) Visite www.factsurfer.com

2) Escriba "díadelpresidente" en la caja de búsqueda.

3) Haga clic en el botón "Surf" para obtener una lista de sitios web.

Con factsurfer.com, más información está a solo un clic de distancia.